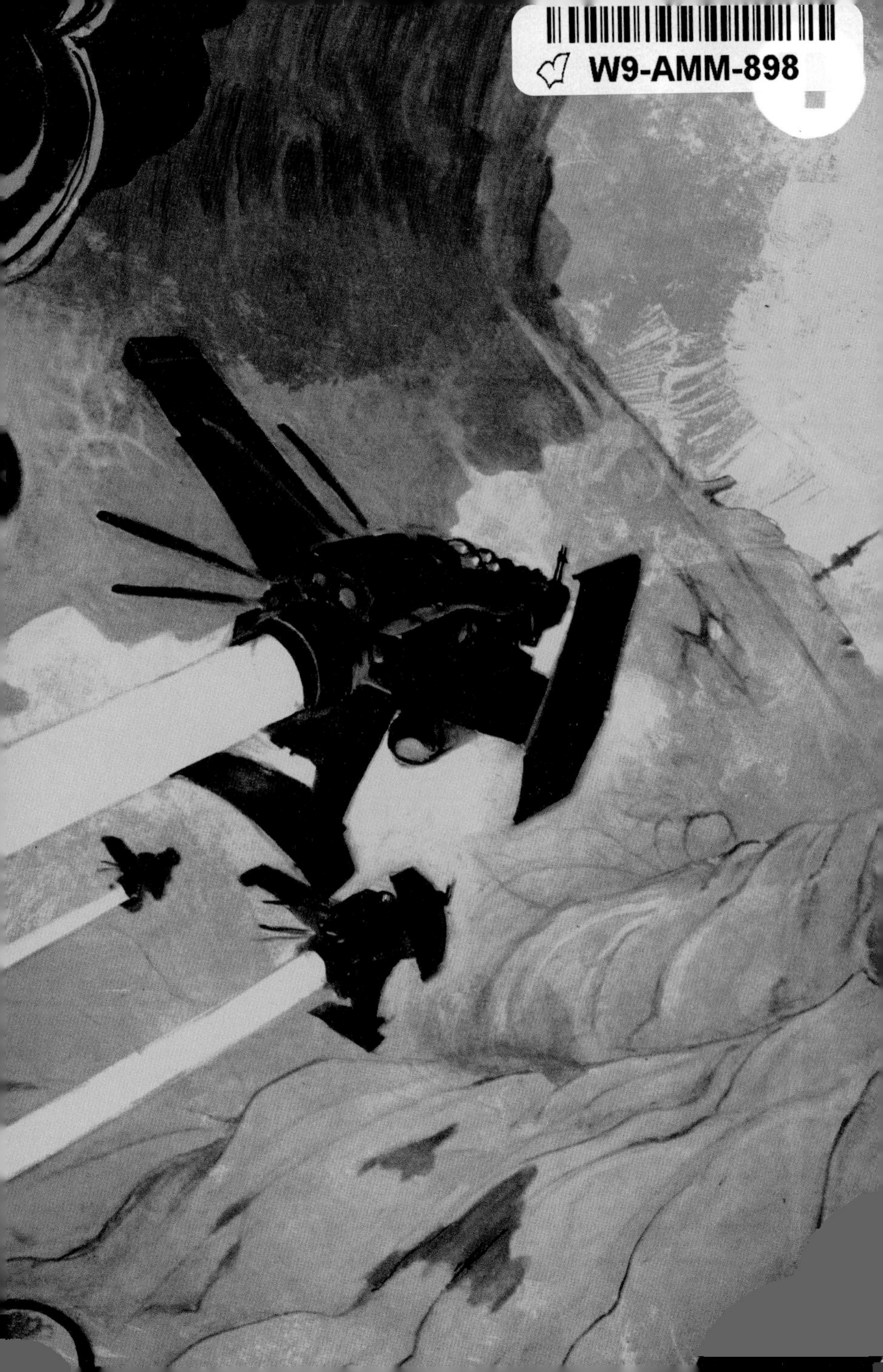

BLIP
BLIP
BLIP

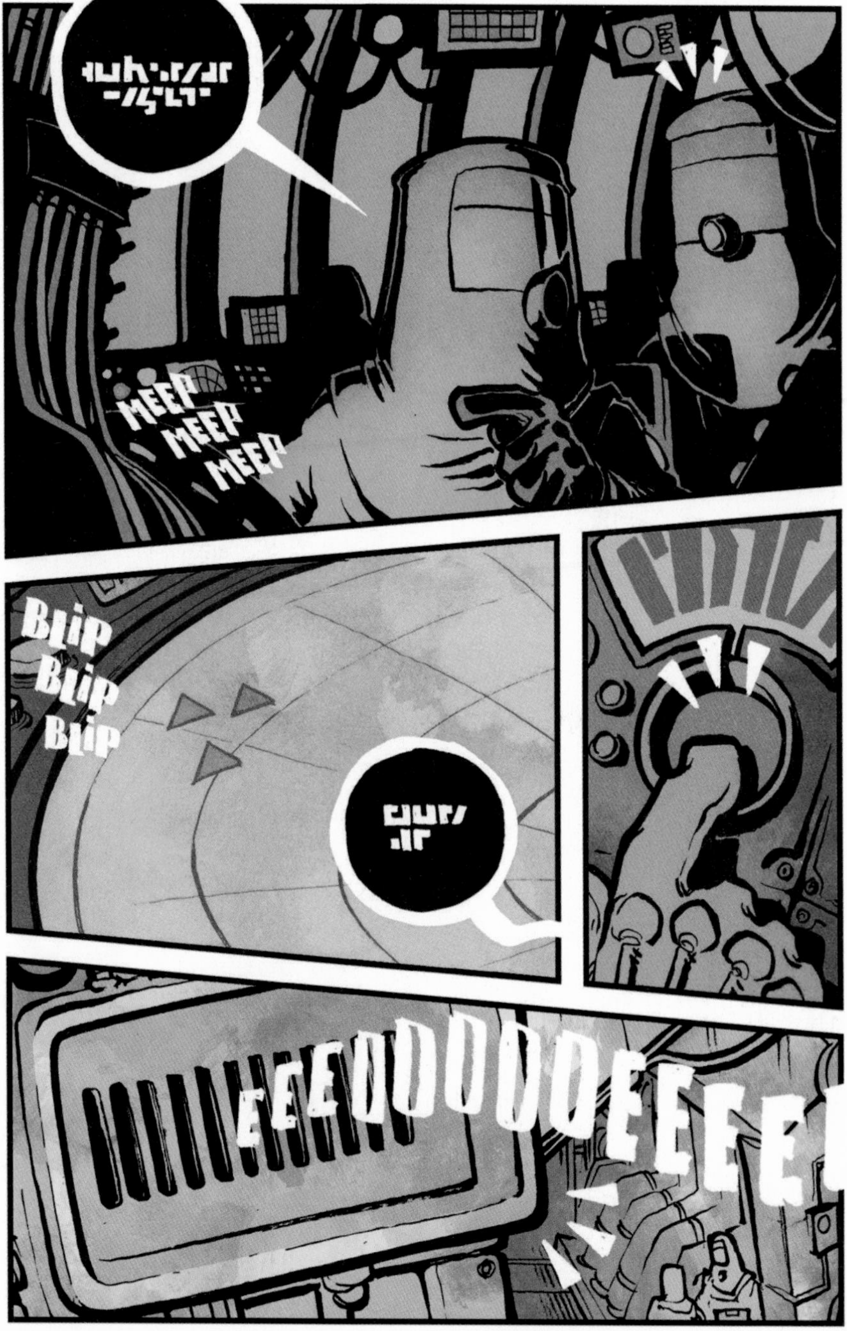
MEEP MEEP MEEP
BLIP BLIP BLIP
EEOOOOOOEEEE

OOOOOEEEE OOOOOOEEEE

MEEP

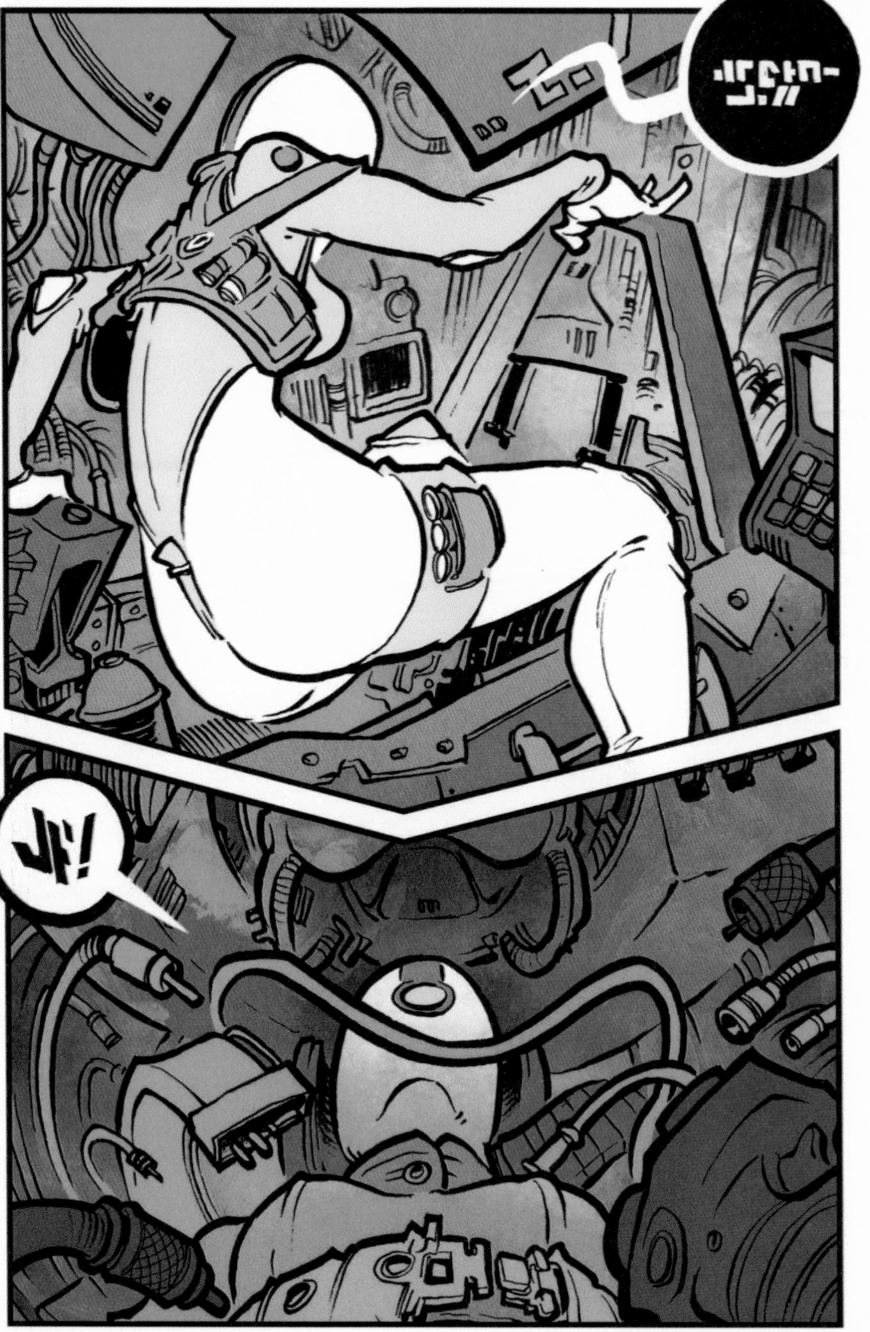

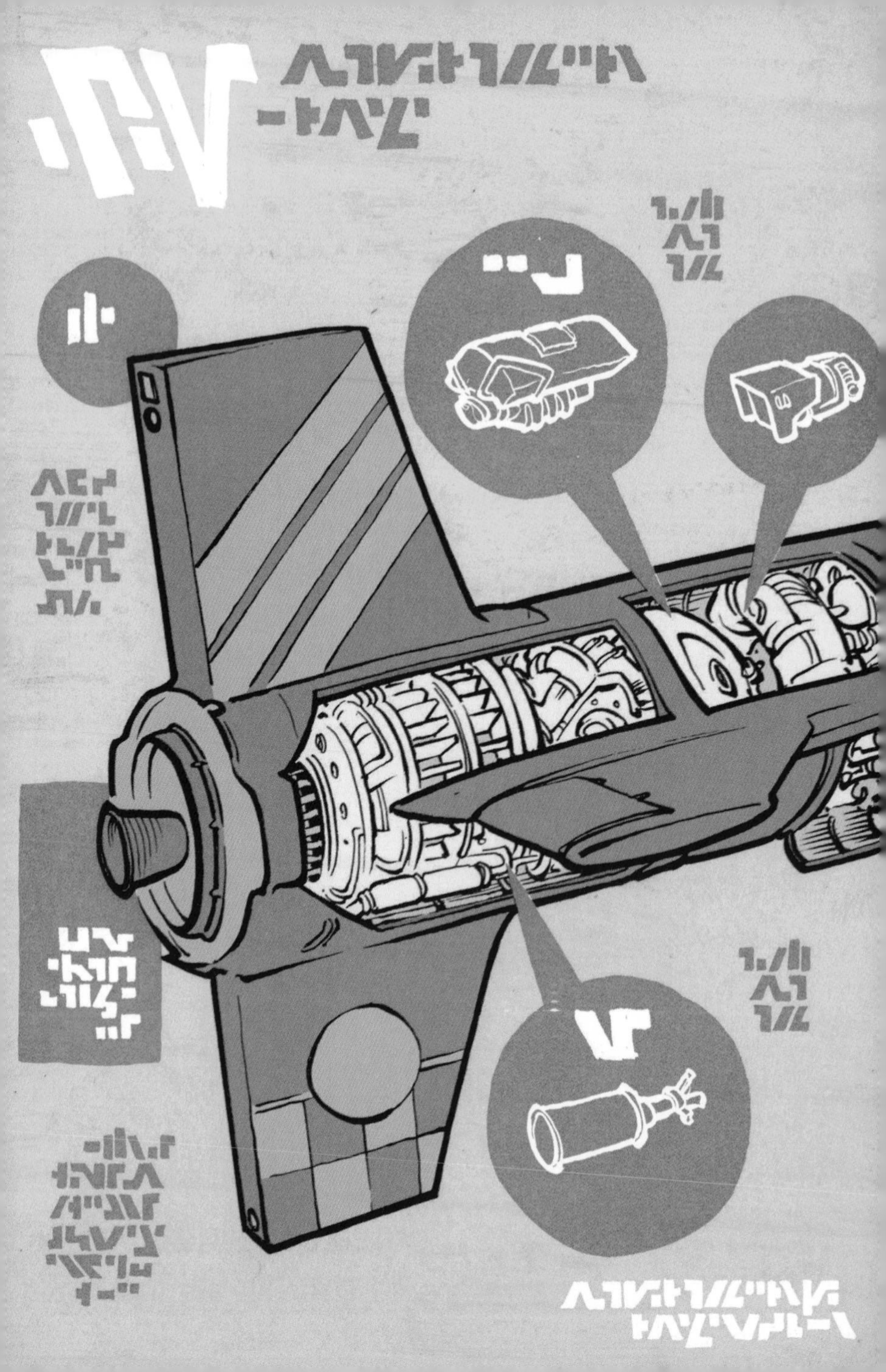

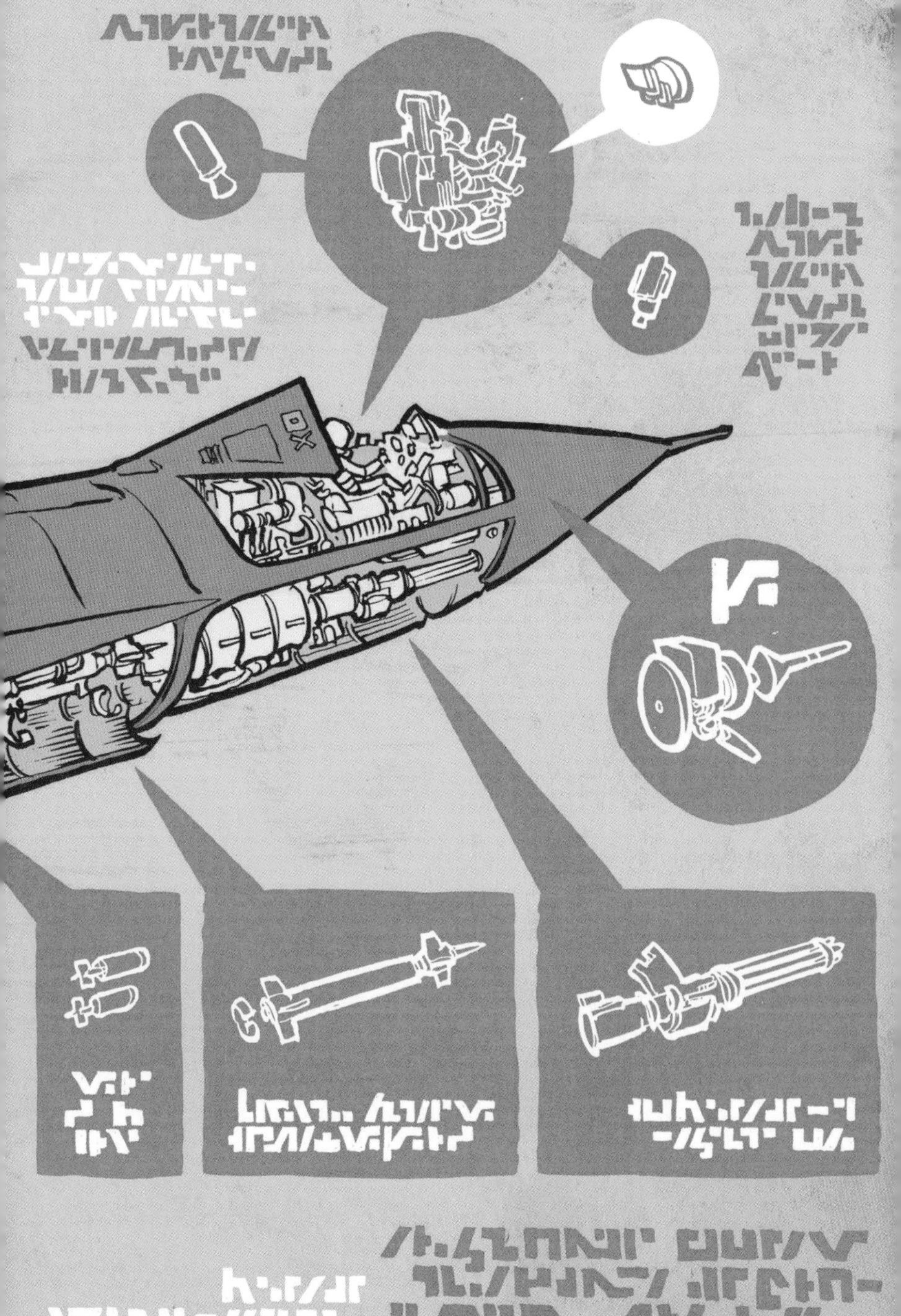

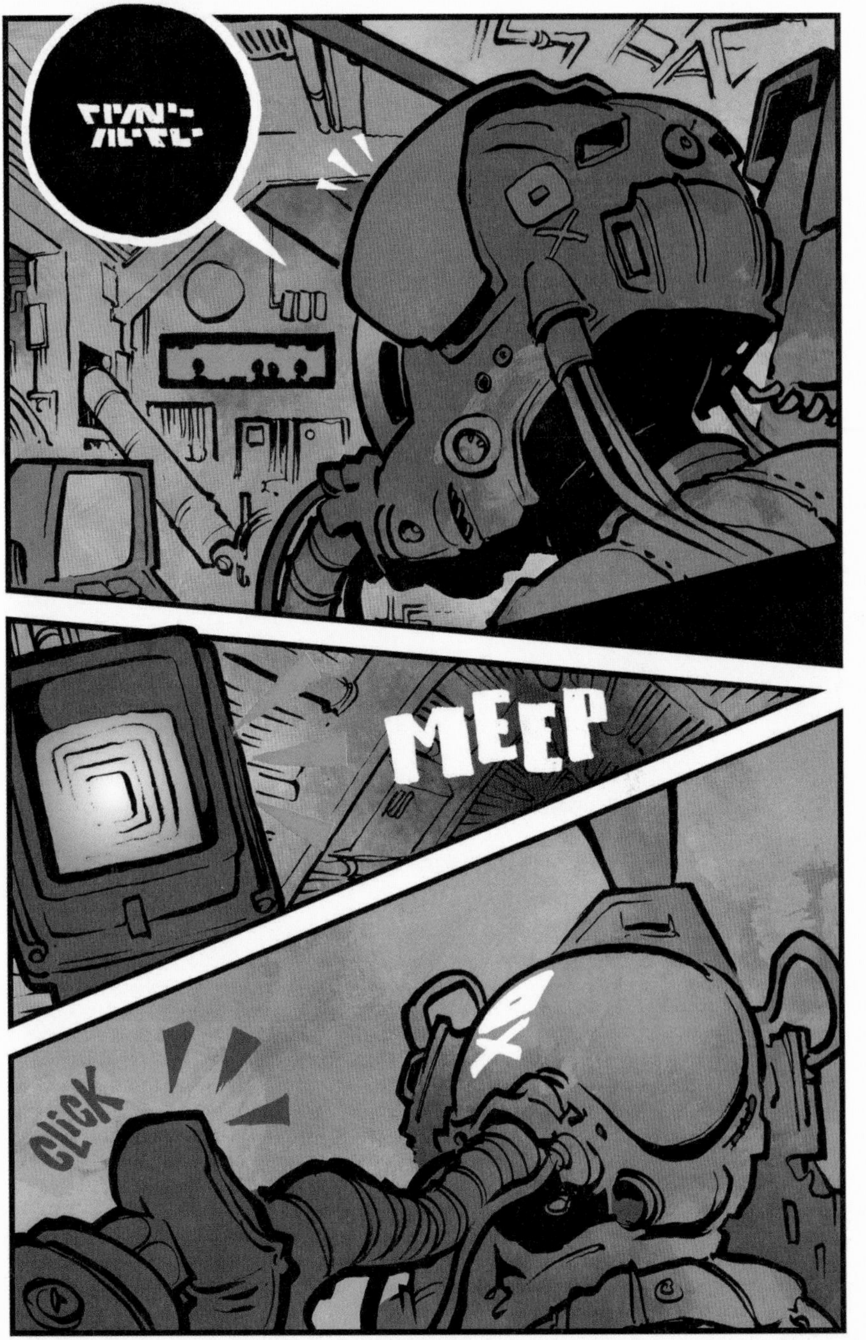
MEEP
CLICK

BRAAOO

WOOOOOOOOOOOSH

BLIP
BLIP
BLIP

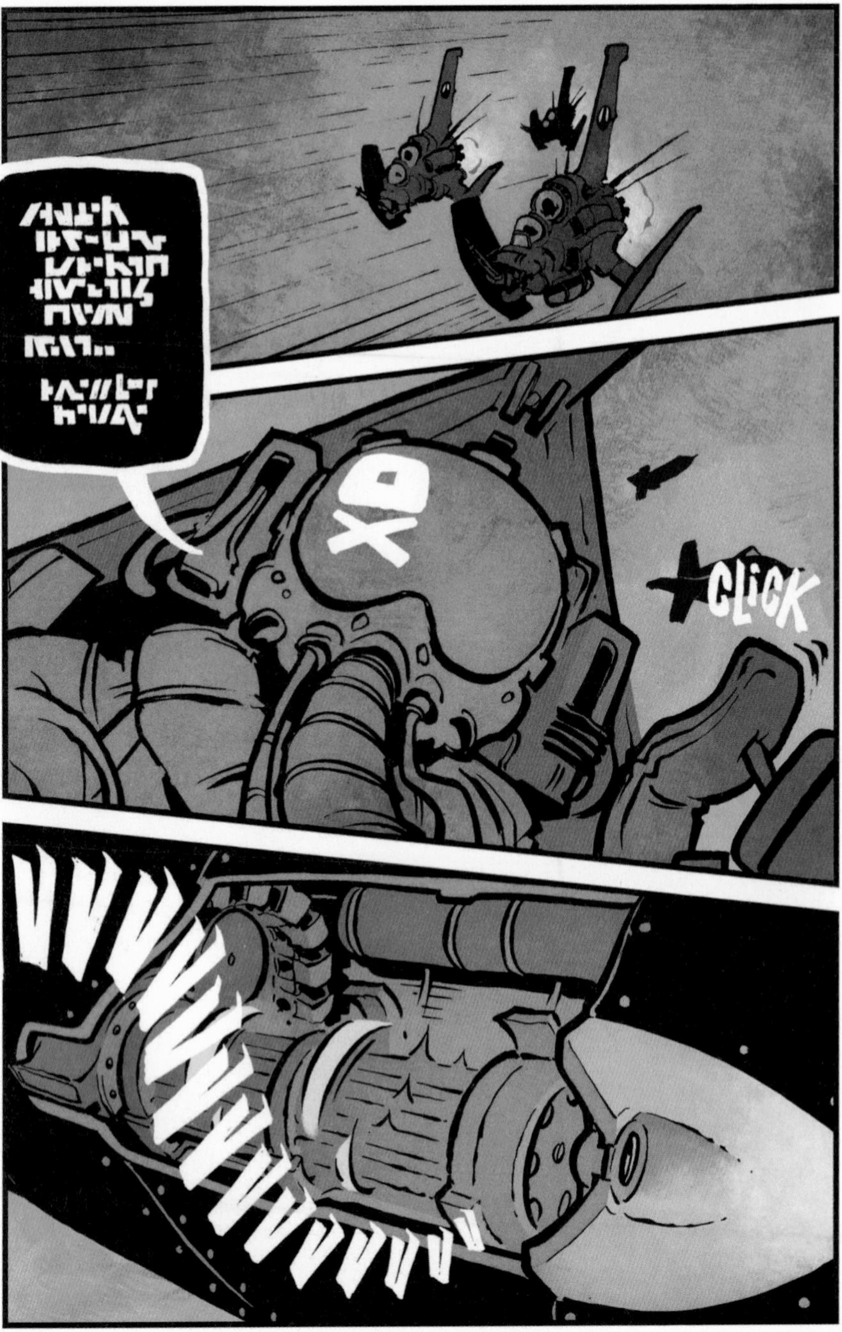
CLICK

BLIP
BLIP
BLIP
MEEP
BLAM BLAM BLAM BLAM BLAM
KABLAM

KABLAMO
BLIP
BLIP
BLIP

BLAM BLAM BLAM BLAM BLAM
Vitr'!
BLAM
BLAM
BLAM
BLAM
BLAM
BLAM
BLAM
BLAM
BLAM

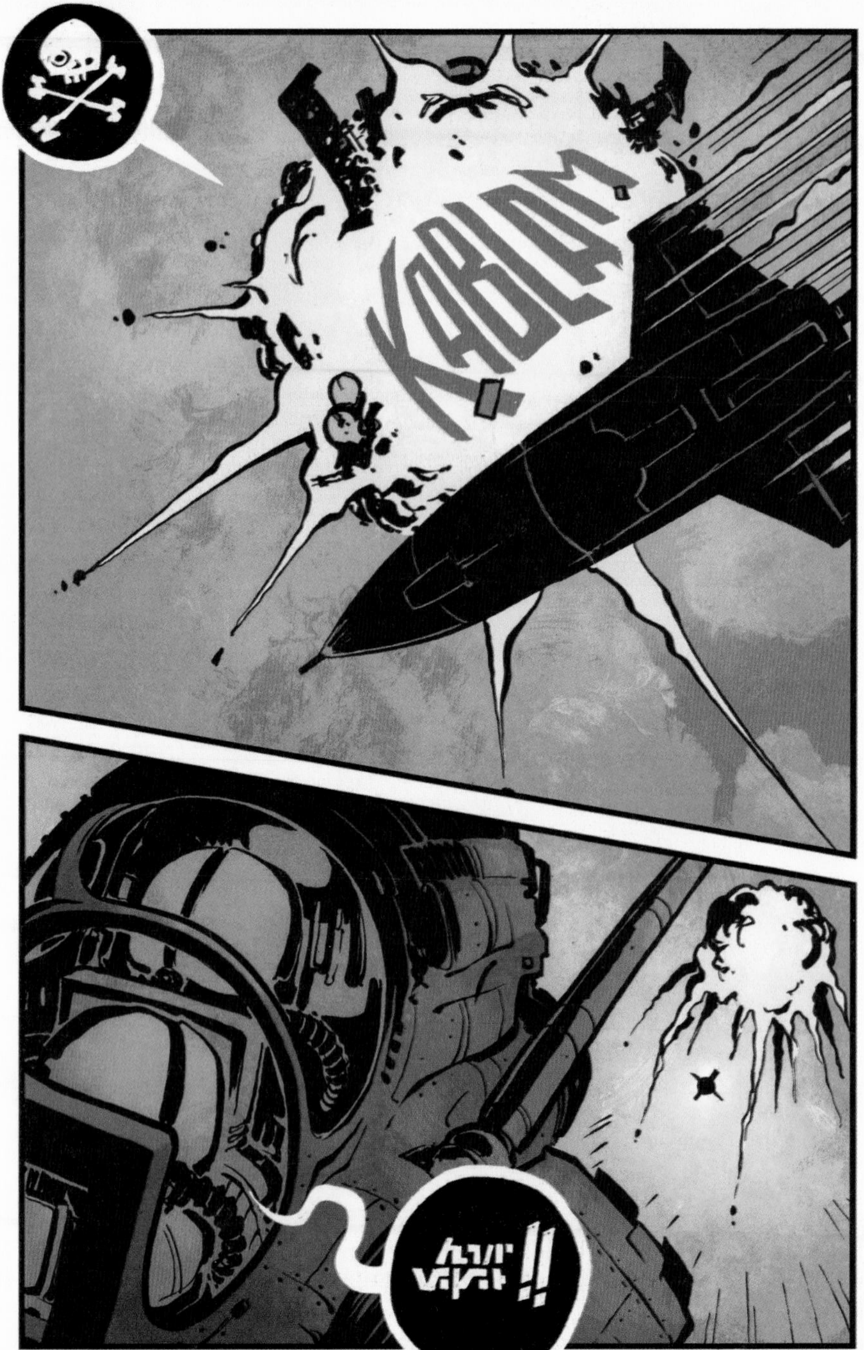

FSHHHHAAH
SSSHHHHHH
KABAM

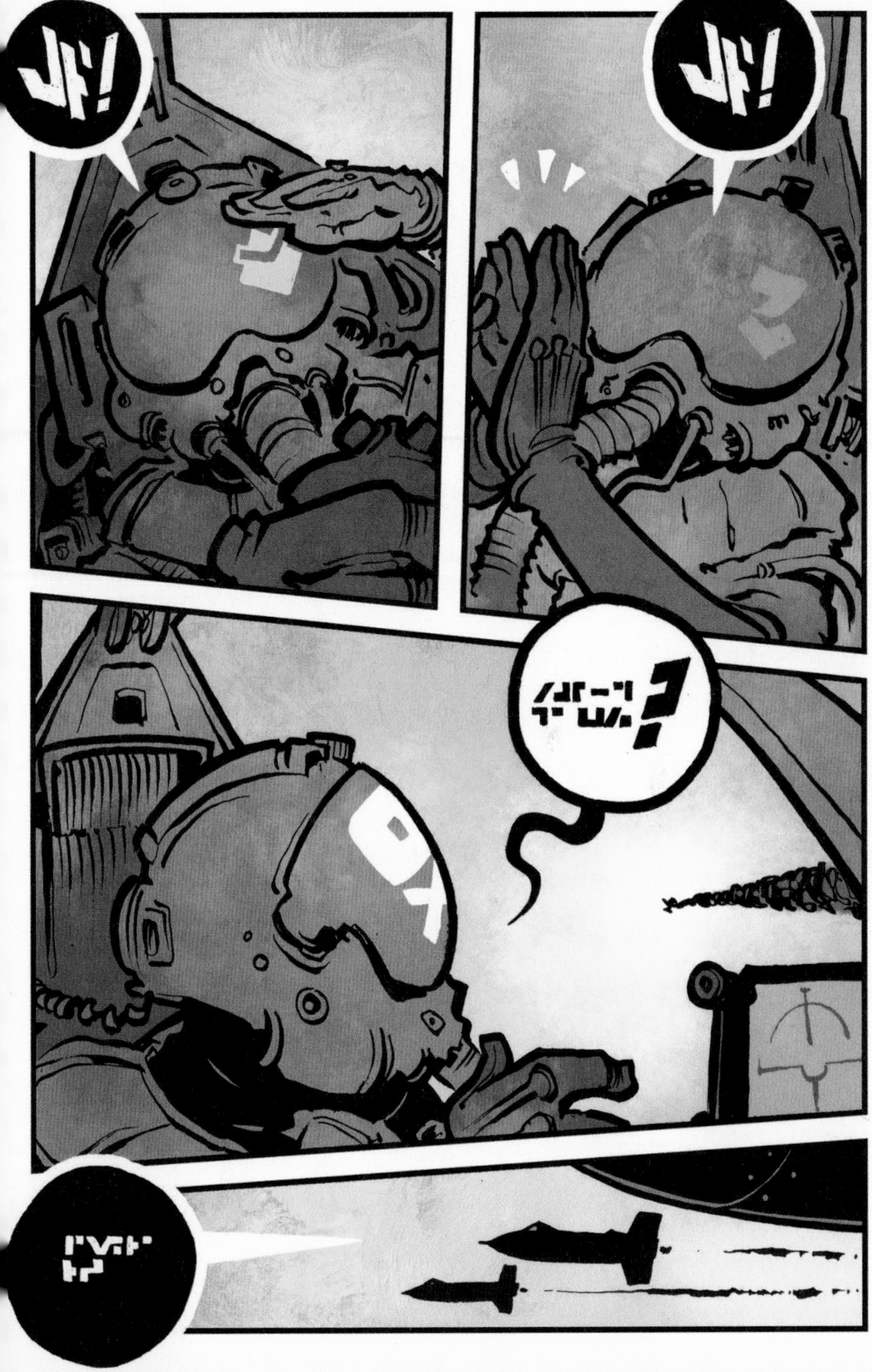

WOOOSH
WOOOOOOOUSH

MEEP
BLAM
BLAM
BLAM
BLAM
BLAM
BLAM

CLICK

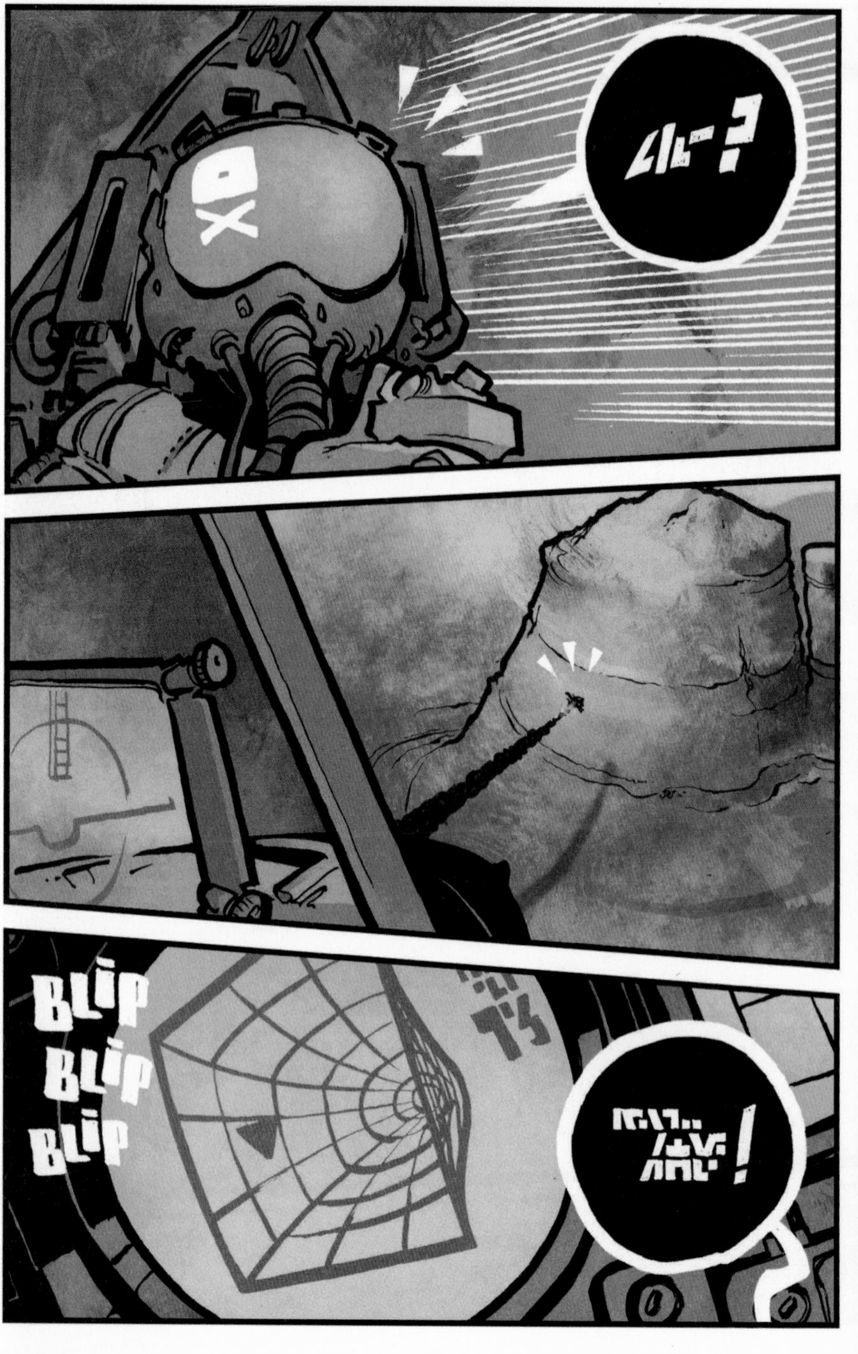
BLIP
BLIP
BLIP

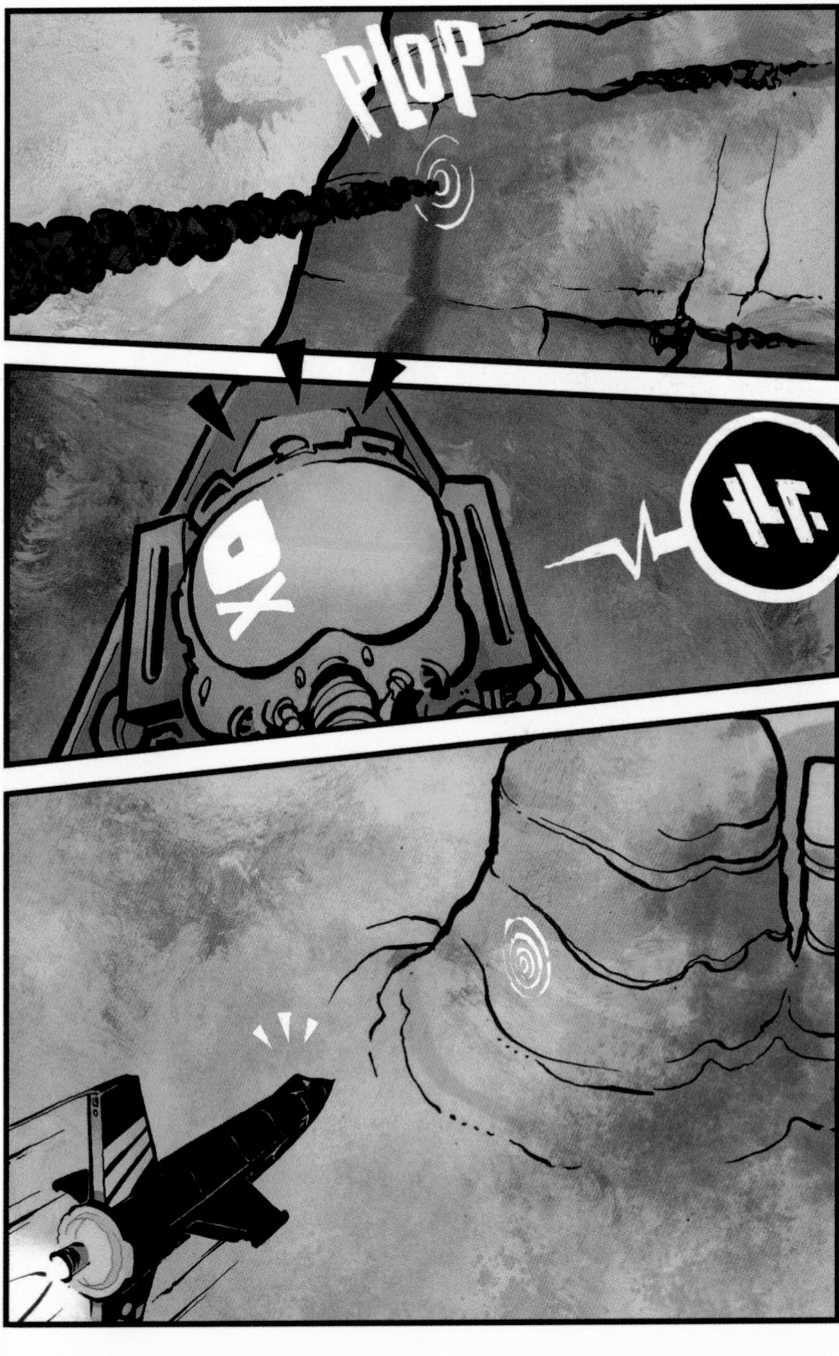
PLOP

GL GL GL

PLOP

PLOP

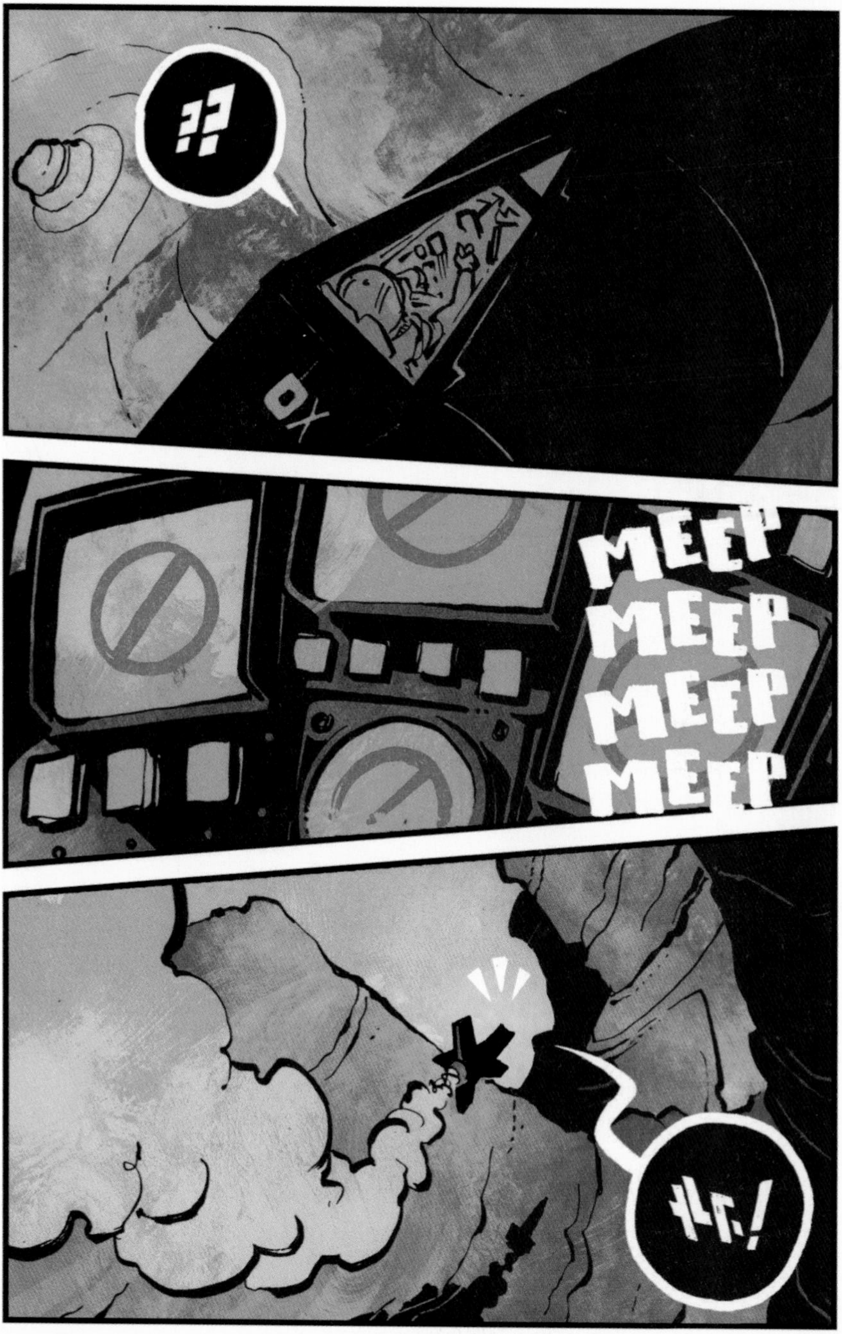
??
MEEP
MEEP
MEEP
MEEP

MEEP
MEEP
MEEP
MEEP
MEEP
OX
CLUNK
BLAM

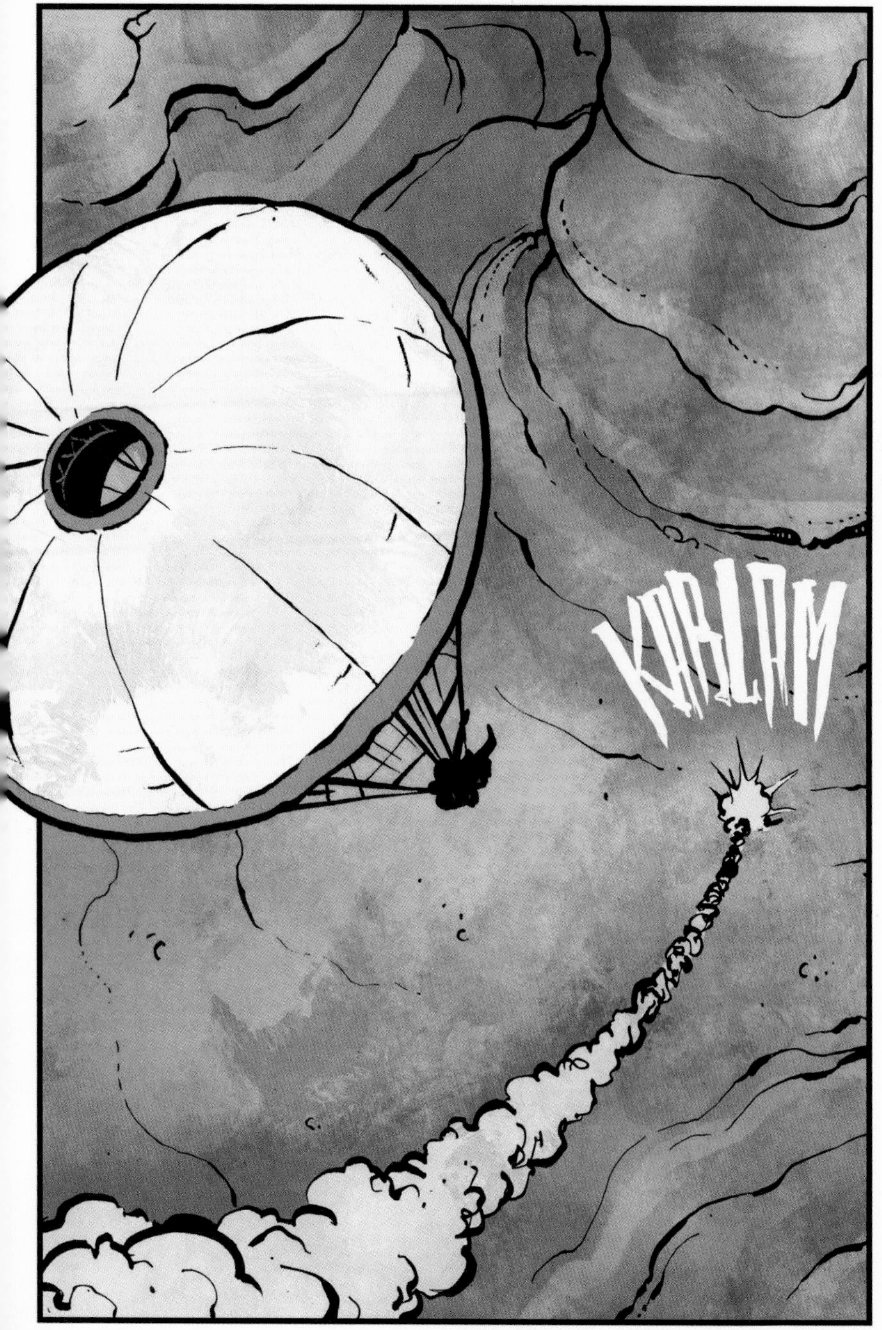
KABLAM

CRASH

CLANG
CLUNK

MEEP
SLUUURP
BLIP
BLIP

ZIIIIIIIIIIP
CLUNK

TcHACK

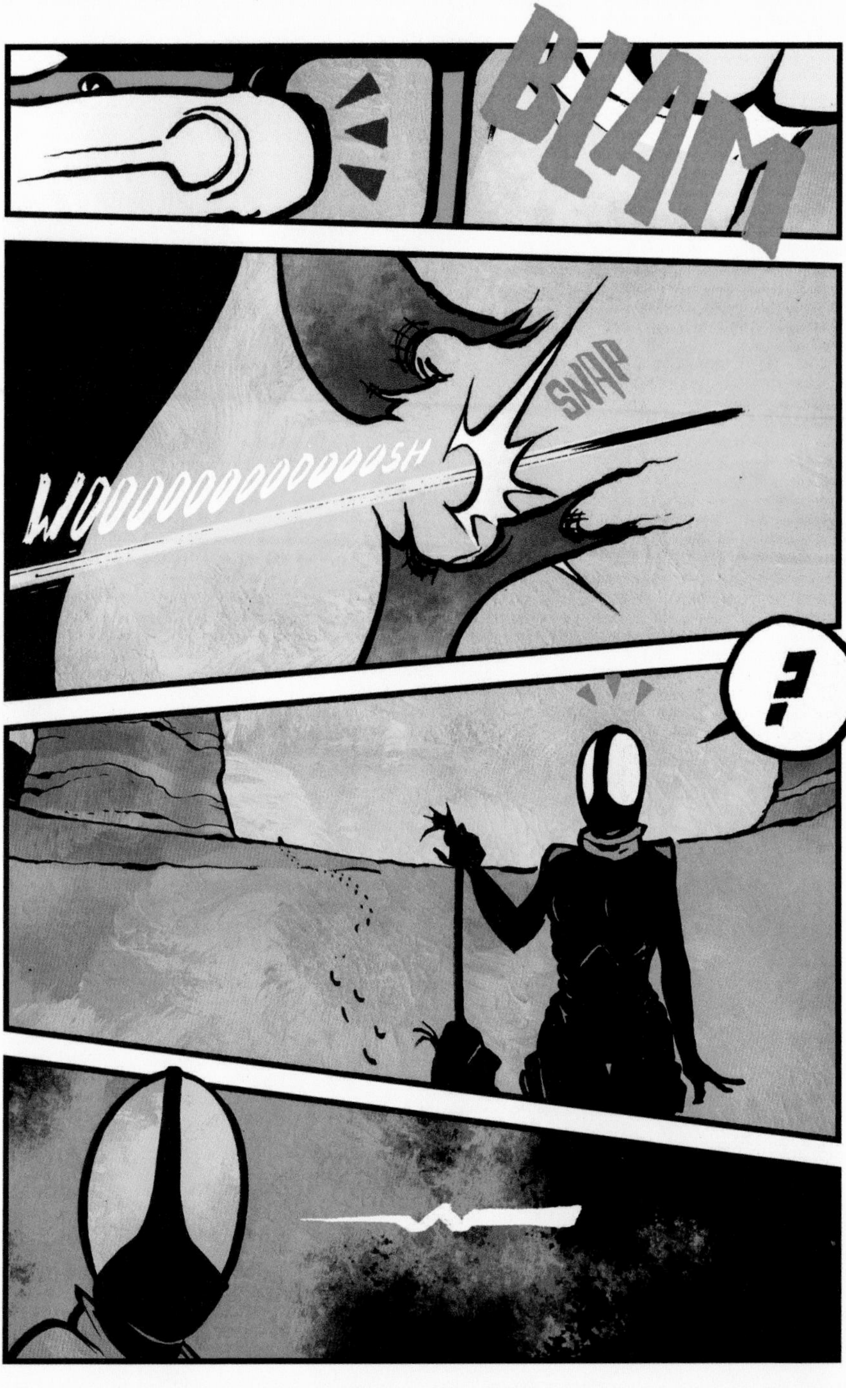
BLAM
SNAP
WOOOOOOOOOOOOOSH
?

THUMP
!!

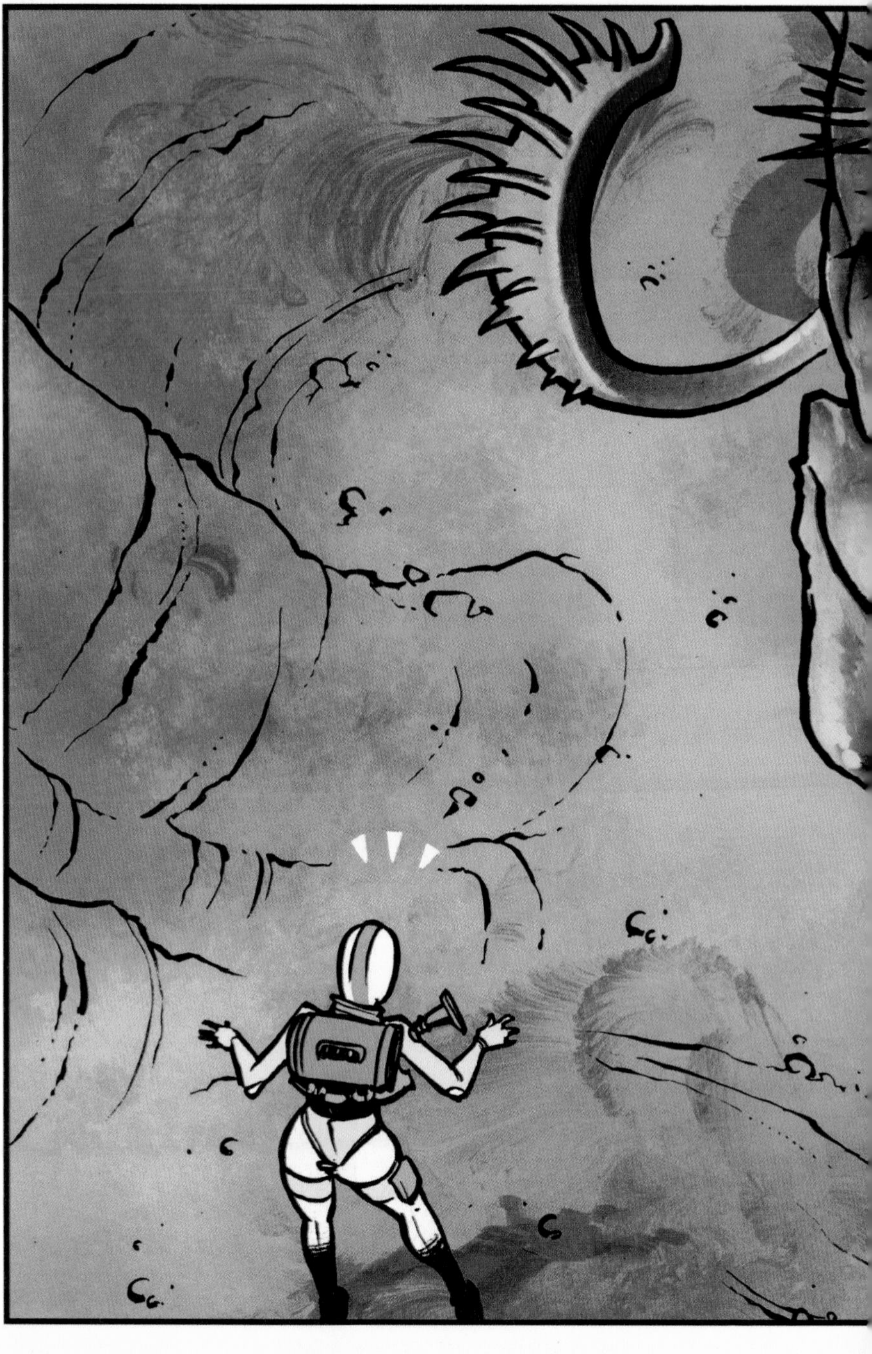

UURG

uURG
uURG

UURG

UURG.

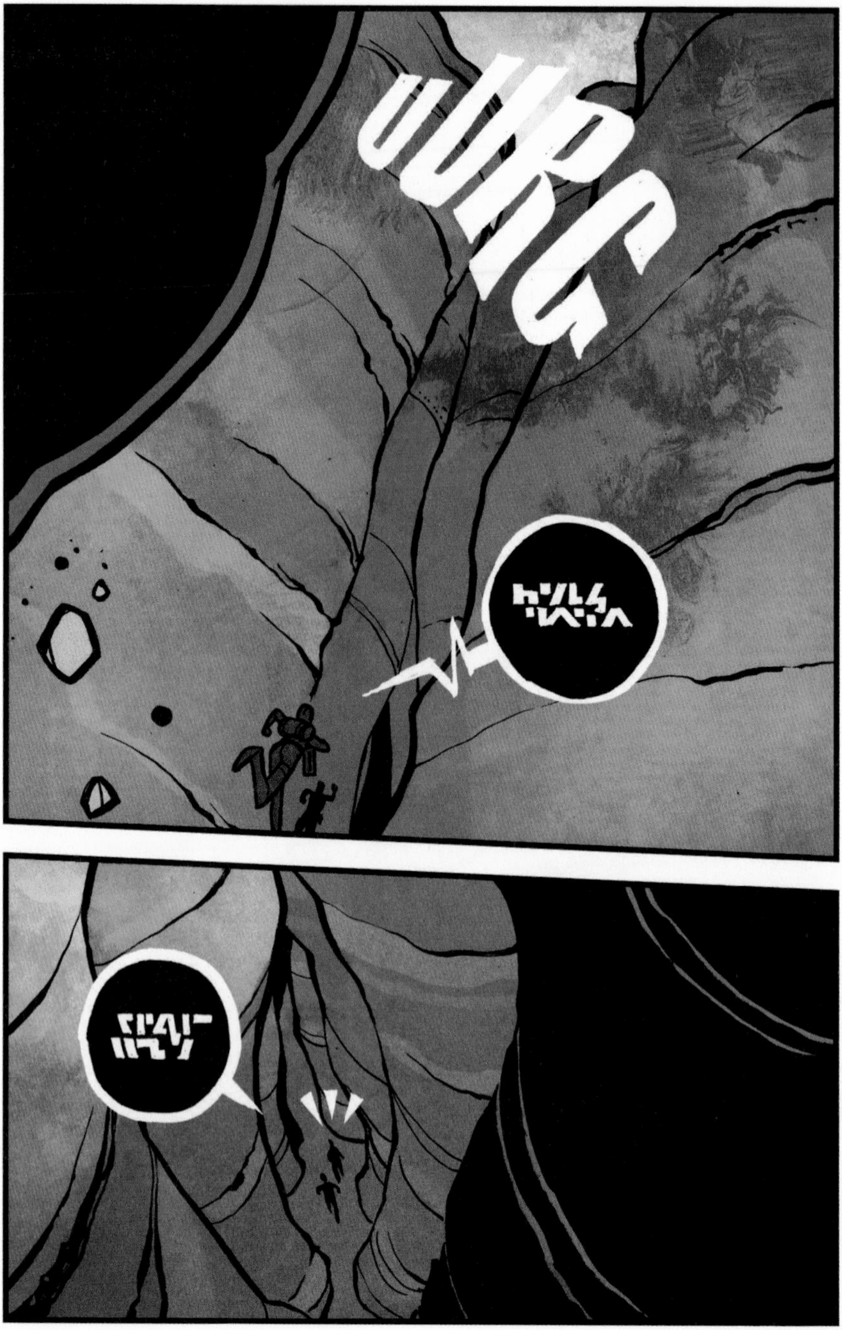
UURG

UURG

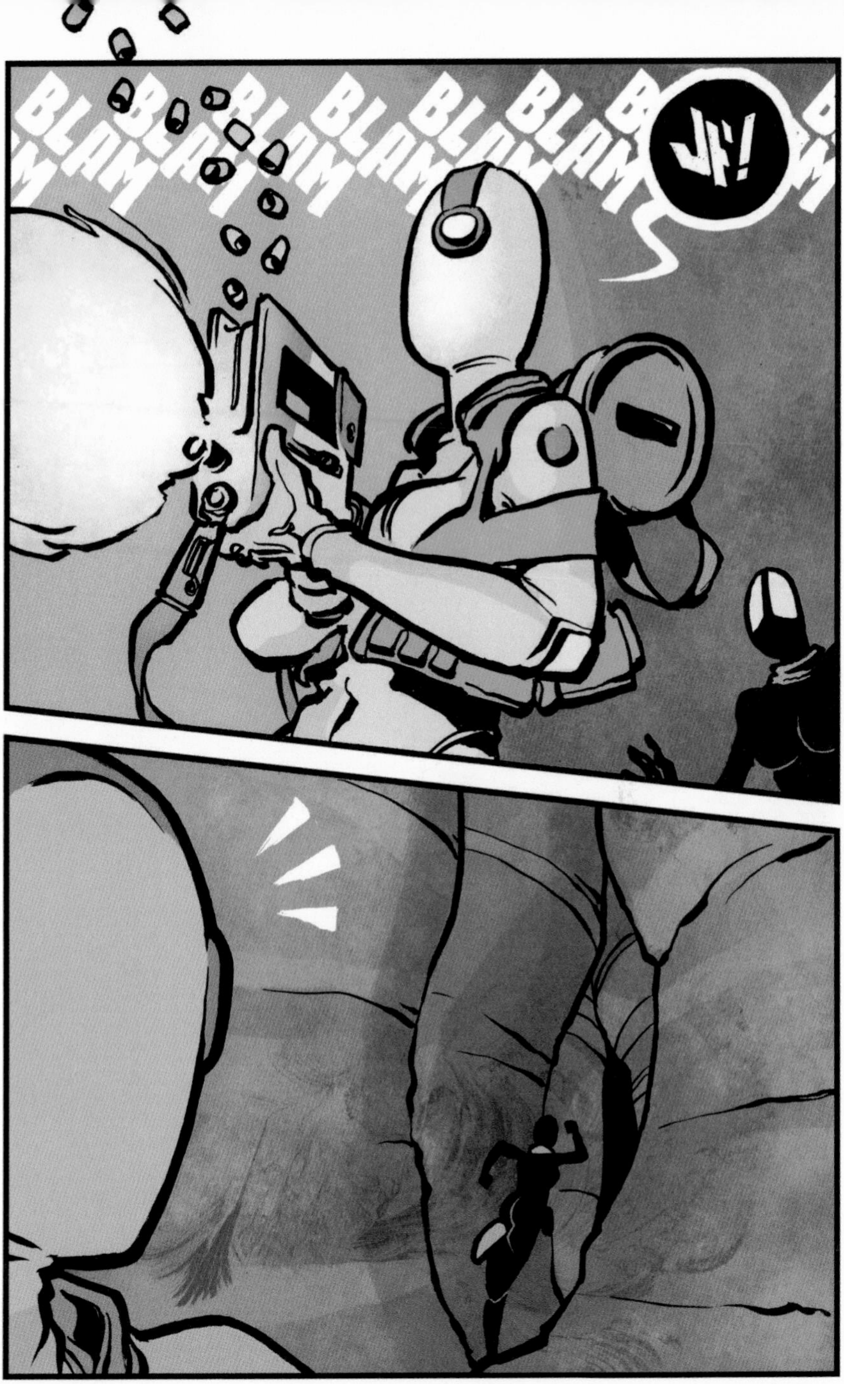
BLAM
BLAM
BLAM
BLAM
BLAM

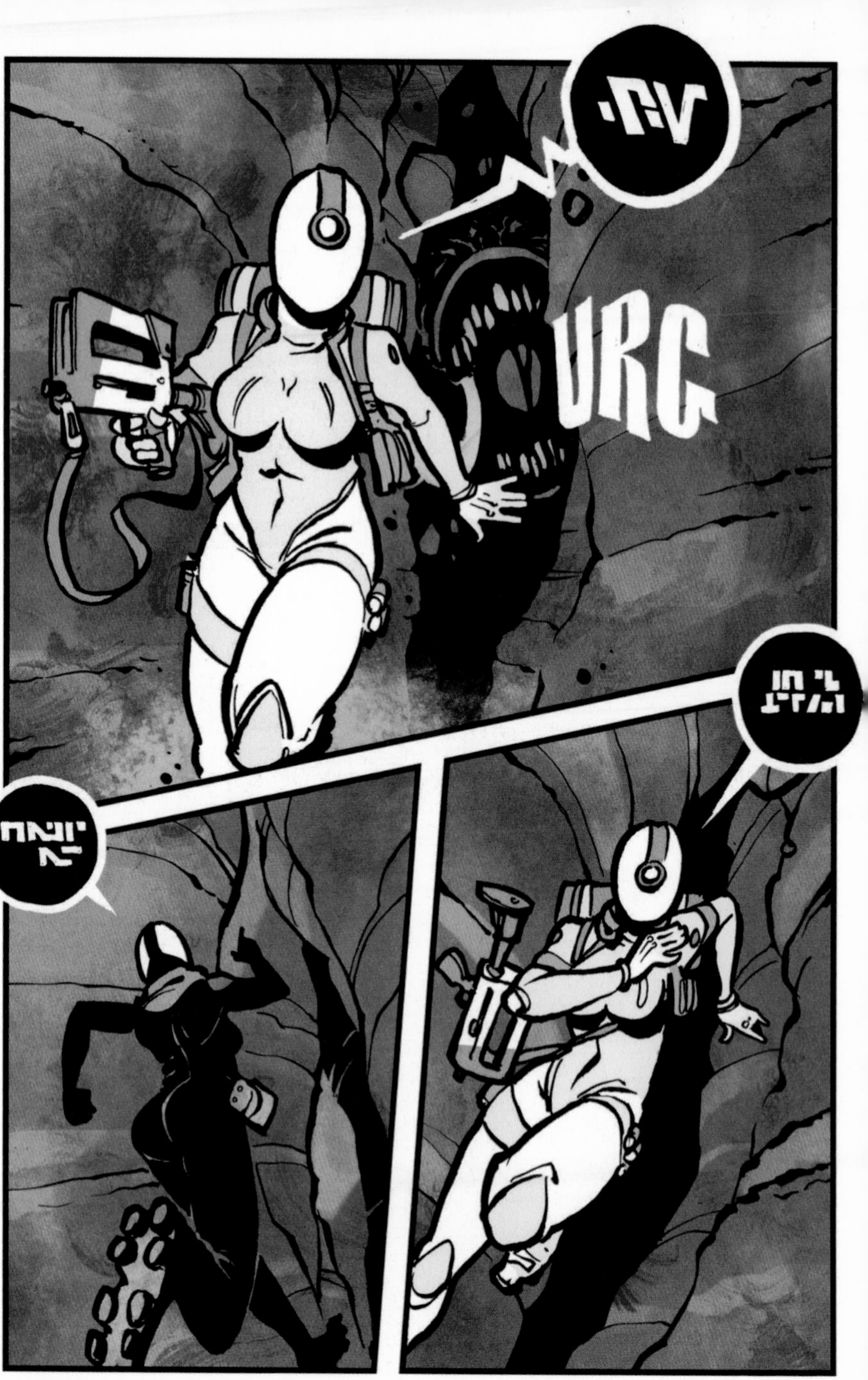
URC

SKRE EAAK
PLOP
PLOP
PLOP

?
CLUNK
CLUNK
PLOP
PLOP

PLOP
PLOP

PLOP
PLOP

PLOP
PLOP
PLOP

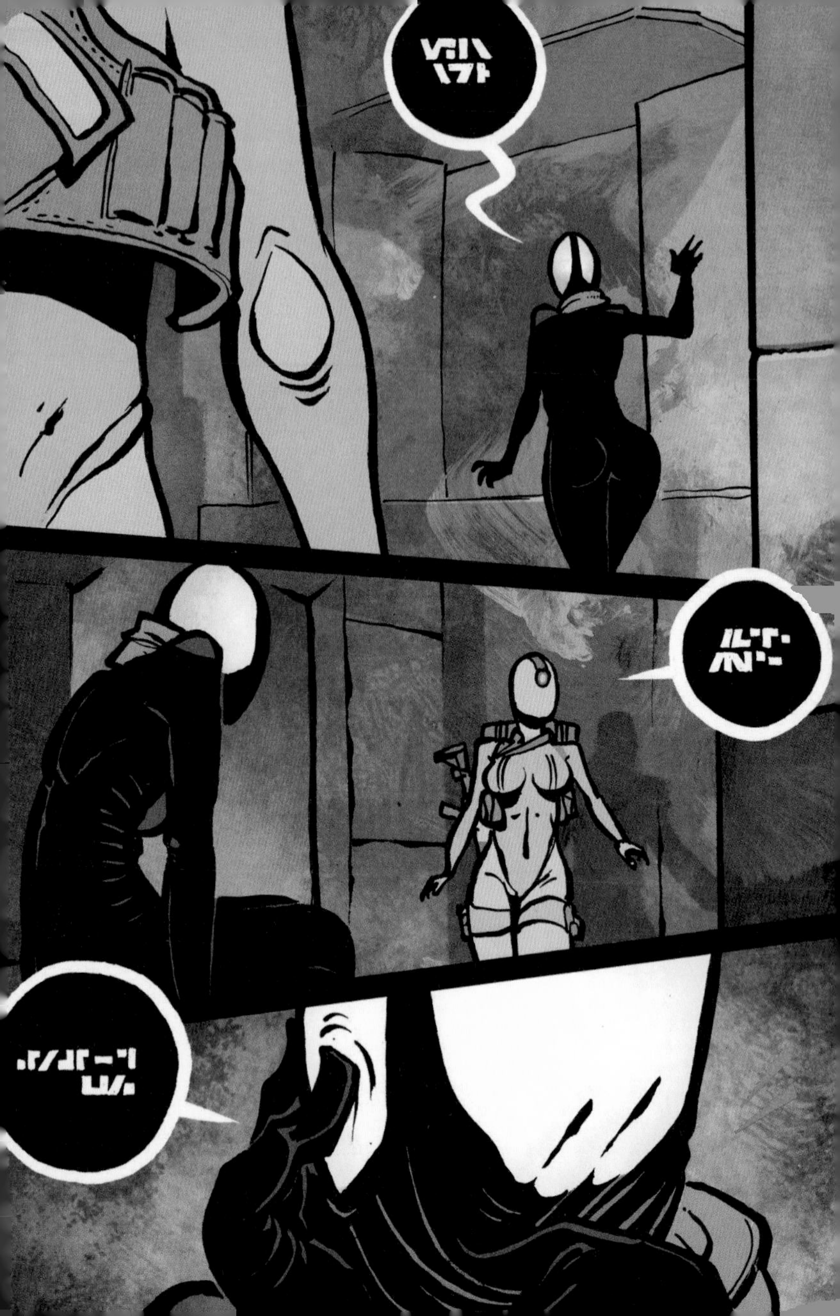

Ziiiip

BRRROOM
?
?

CLUNK
CLANG

BZZZZZZ

BZZZZZz
BLAM

!!
KLK

BLAM
BZZZZZ

THUMP
THUMP
h-?

PLOP
?!

BZZZZZZZ

!!
CLANG

CLUNK

FTT

MEEP
MEEP
MEEP
MEEP

TcHAK

PLOP
PLOP
PLOP

PLOP
PLOP
PLOP

PLOP
PLOP
PLOP

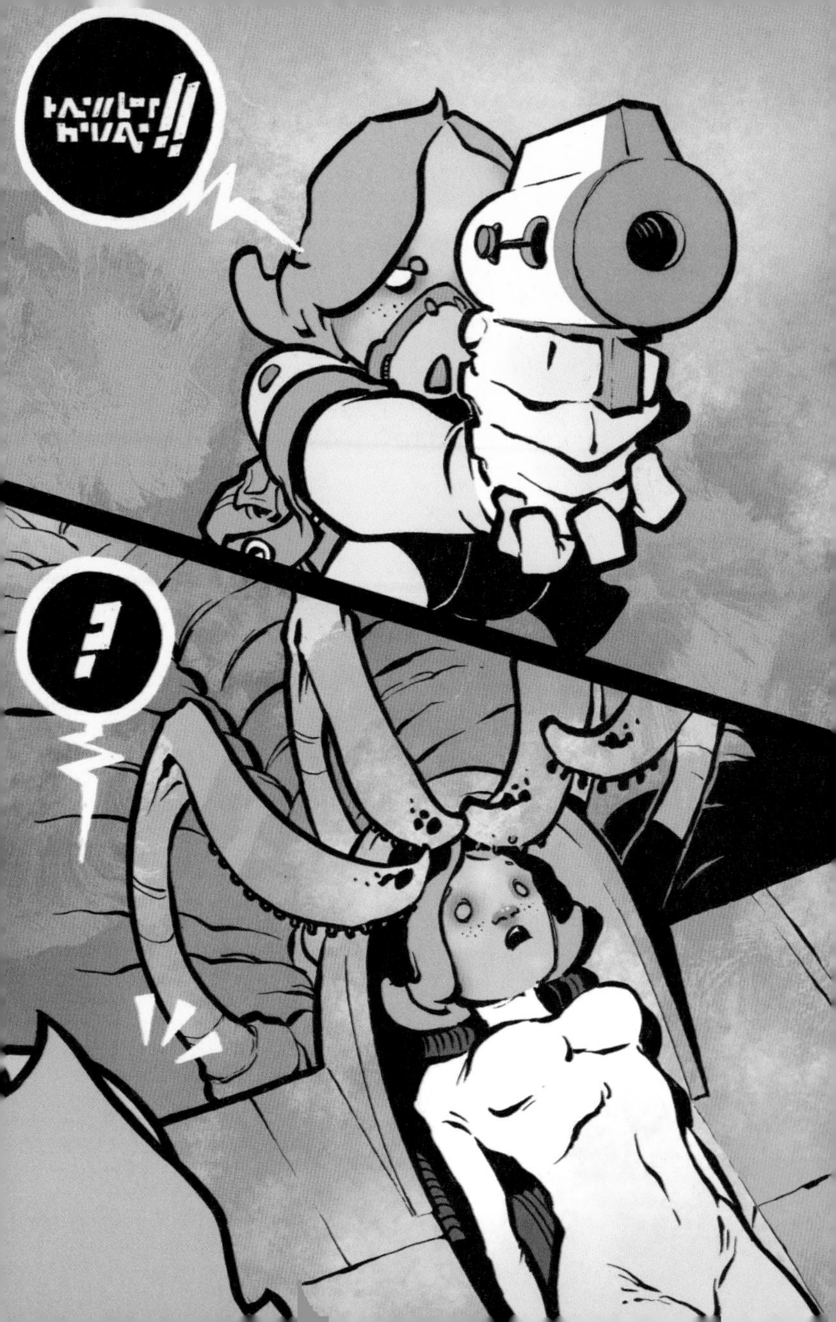

ZAARP

HISSSSSSSSS
JF!

PLOP
PLOP
!
?!

FOP

PLOP
PLOP
PLOP
PLOP